Monica Antonella Sabella

La magia del cuore

Youcanprint *Self-Publishing*

Titolo | La magia del cuore
Autore | Monica Antonella Sabella
ISBN | 978-88-92667-69-3

Immagine di copertina eseguita da Concetta Borlizzi Sabella.

Youcanprint Self-Publishing
Via Roma, 73 - 73039 Tricase (LE) - Italy
www. youcanprint. it
info@youcanprint. it
Facebook: facebook. com/youcanprint. it
Twitter: twitter. com/youcanprintit

Ringrazio Dot.ssa Scordari, Mina, Alessandra, Donatella, Annamaria,dr De Nuzzo. Grazie a Mary Cannata, Lara Perenthaler , Vicky e alla mia sindaca Francesca Torsello.

*Lo dedico a mio marito
e alle mie bimbe Alessia e Karol.*

Primo capitolo

L'aereo stava per atterrare, Anne non vedeva l'ora di tornare a casa. Quella vacanza le era servita a mettere un po' di ordine nella sua vita. Chiuse il libro che stava leggendo. Scese dall'aereo e si diresse a ritirare i bagagli. Chiamò un taxi per andare a casa. Il cellulare squillò, era sua sorella Hellen.

«Ciao Anne, bentornata, ti aspetto a casa» disse Hellen. Un sorriso illuminò il viso di Anne. La casa era illuminata, la porta si aprì ed Hellen le andò incontro, insieme al piccolo Perry. Perry era un cagnolino di piccola taglia, grassottello e dalle orecchie grandi e buffe. Perry le saltava addosso e Anne non riusciva a camminare.

«Piano, piano Perry» disse Anne. In casa c'era un buon profumo di tè e di biscotti appena sfornati. "Sicuramente preparati da Hellen" pensò Anne.

«Racconta, com'è andata Anne?» chiese Hellen.

«Sono un po' stanca, i racconti li possiamo rimandare a domani? Grazie Hellen per esserti presa cura di Perry» disse Anne.

«Allora sorellina, ti va un po' di tè e dei biscotti fatti con le mie mani?» le chiese Hellen.

«Grazie Hellen, li prendo volentieri. Poi faccio una doccia e andrò a dormire» rispose Anne. Nonostante la stanchezza, Anne non riuscì a riposare bene quella notte. Era ottobre inoltrato e fuori c'era un brutto vento e pioveva a dirotto. Anne si sentì leccare il viso, era Perry che la svegliava attirando la sua attenzione.

«Hai ragione Perry, è da tanto che manco.»

Anne scese in cucina, dove c'era già Hellen che preparava la colazione.

«Che buon profumo» disse Anne e abbracciò la sorella che le dava le spalle. Dopo colazione si misero a parlare.

«Anne, sei dimagrita» disse Hellen, ci penserò io a farti ingrassare. I genitori biologici di Anne, morirono in un incidente stradale quando aveva solo otto anni e da allora i genitori di Hellen avevano adottato Anne. Anne ed Hellen, erano inseparabili, avevano studiato insieme laureandosi in Economia aziendale Marketing, e si occupavano dell'azienda di famiglia. William, il loro padre, era il maggiore azionista dell'azienda. Erano tre soci, George il padre biologico di Anne, Joseph il padre di David. Dopo la morte di George e successivamente di Joseph, le azioni furono ereditate da Anne e da David.

Secondo capitolo

L'indomani, Anne si alzò di buonora, per andare a lavorare.

«Se vuoi, Anne, puoi rimanere un altro giorno a casa, papà e mamma torneranno stasera dalla loro crociera, per l'occasione e anche per il tuo rientro ho organizzato una festa in giardino» disse Hellen.

«No Hellen, ho molto lavoro arretrato, sbrigati che ti aspetto» rispose Anne. Anne aveva indossato un paio di jeans, una maglietta verde acqua come i suoi occhi e un paio di scarpe da tennis. In macchina, Anne era sovrappensiero e non ascoltava molto Hellen. Come aveva immaginato, sulla sua scrivania Anne trovò pile di documenti e fatture.

"Quanto lavoro arretrato" pensò Anne. I nonni paterni di Anne erano morti e i nonni materni vivevano in Italia, a Firenze, con un'altra figlia Alessandra. Con la morte di George e di Miriam, i nonni di Anne non l'avevano neanche cercata. William e Sandy, grandi amici dei genitori di Anne, l'avevano adottata. Anne era andata in Italia per parlare con i nonni e con sua zia. Anne non riusciva a perdonare soprattutto sua zia dell'indifferenza nei suoi confronti, i nonni le fecero tanta tenerezza per la loro età.

Anne era assorta nei suoi pensieri e non si accorse della presenza di David nel suo ufficio.

«Ciao Anne, bentornata» disse David. David era un bel ragazzo di trentadue anni, alto 1,80 circa con i capelli e gli occhi neri. Era l'altro socio dell'azienda dopo la morte del padre Joseph. David e Anne erano stati fidanzati tre anni e poi Anne lo aveva lasciato un mese prima del matrimonio, programmato per fine settembre. David era il direttore del personale e il legale dell'azienda. Anne, anche lei aveva studiato giurisprudenza, come seconda laurea, le mancava solo discutere la tesi, lasciandosi con David non l'aveva più discussa. Dopo la morte del padre David si occupava della sorellina più piccola, Carolina, che aveva dieci anni. La madre li aveva abbandonati quando Carolina aveva solo due anni, andando a vivere con un altro uomo. Da allora David era il suo tutore.

«Ciao David» rispose Anne.

«Anne possiamo parlare?» disse David.

«Non abbiamo più niente da dirci, non ora» rispose Anne e uscì dall'ufficio per andare a prendere un caffè.

Terzo capitolo

Il giardino era illuminato e addobbato a festa, c'era un grande tavolo con aperitivi e buffet. Gli invitati cominciarono ad arrivare. William e Sandy erano arrivati dal loro viaggio nel pomeriggio. Per la serata Anne indossò un bel vestito corto nero, che le aderiva ai fianchi e in vita, raccolse i lunghi capelli biondi in un chignon, si mise un trucco leggero e indossò delle scarpe con i tacchi alti. Abbracciò i suoi genitori, che l'avevano cresciuta com tanto amore. Anne nonostante tutto aveva vissuto una bella infanzia. Hellen invece, indossò un vestito rosso, i lunghi capelli neri li lasciò cadere sulle spalle e delle scarpe con un tacco vertiginoso. Anne era a bere un succo di arancia, quando in giardino arrivarono David e Carolina; con loro c'era una ragazza con i capelli rossi e gli occhi verdi, con una gonna cortissima che non lasciava niente all'immaginazione. Anne sentii tremare le gambe.

«Hellen, che ci fa David qui?» E andò in bagno a rinfrescarsi il viso, si aggrappò al lavandino, le venne un capogiro. Possibile che le facesse ancora quell'effetto?, "povera me!" Pensò Anne. Si fece coraggio e uscì dal bagno per raggiungere gli ospiti.

Hellen si affrettò a dirle:

«David fa parte dell'azienda e vorrei ricordarti che dovevi sposarlo.

«E quella? chiese a Hellen.

«Quella» rispose Hellen «è la nostra segretaria o meglio la segretaria di David.»

«E da quando?»

«Forse, hai dimenticato Anne che la signora Camilla è andata in pensione, e lei è la nuova segretaria.»

"La signora Camilla, che aveva sessanta anni, grassottella che veniva sostituita da quella civetta!" Pensò Anne. Carolina, le si avvicinò e l'abbracciò.

«Ciao Anne, mi sei mancata!» disse Carolina.

«Anche a me, piccolina!»

«E allora Anne, perché non l'hai sposato? Ora cambia sempre fidanzata, e aspirano solo ai suoi soldi.»

David le raggiunse: «Ciao Anne, ti presento la signorina Elisabeth.» Elisabeth le strinse forte la mano in una morsa.

"Anche antipatica" pensò Anne, e si allontanò per recarsi a prendere qualcosa da bere. Si sentì per tutta la serata gli occhi addosso di David e di Elisabeth.

«Certo che è miss simpatia» disse Anne a sua sorella. Ancora vertigine! Doveva farsi al più presto gli esami del sangue. Pensò Anne. Anne era stata sempre anemica, probabilmente era quello il problema.

Quarto capitolo

Era molto difficile per Anne lavorare nell'ufficio accanto a quello di David. Ed era difficile non incontrarsi, nonostante Anne facesse di tutto per evitarlo. Alla pausa caffè, Anne non vedendo arrivare Hellen, andò al bar interno dell'azienda. Al bar incontrò Henry, un ragazzo spagnolo che lavorava lì come cameriere. Henry era un bel ragazzo, con i capelli e gli occhi neri, e da sempre corteggiava Anne.

«Ciao Henry, mi porteresti un caffè per favore?»

«Ciao Anne, bentornata! Anne, le notizie volano in fretta, ora io avrei una speranza con te visto che non sei più con David? Anne, dammi una possibilità!»

«Ascolta Henry, sei un bravo e bel ragazzo ma non ho alcuna intenzione di impegnarmi con qualcuno.»

«Pensi ancora a David vero?»

«Ti stai sbagliando e per dimostrartelo, va bene, usciamo insieme ma non metterti cose strane in testa, siamo e saremo solo amici.»

Tornò in ufficio e c'era Hellen che l'aspettava.

«Anne, dovresti dare una possibilità a qualcun altro, hai solo ventinove anni. Anche se noi, volevamo molto bene a David. Nessuno di noi ha capito perché l'hai lasciato a un mese dal matrimonio.»

«Non ho niente da spiegare, fatevene una ragione.» Hellen alzò le spalle e uscì borbottando qualcosa di indecifrabile.

William entrò nel suo ufficio:

«Anne, ci devi delle spiegazioni. David continua a ripetere che non sa il motivo, eppure Anne stavate così bene insieme. Non capisco! Perché Anne?»

«Fatevi una ragione papà, non lo amo più, punto e chiudiamo l'argomento, non voglio più parlare di David.»

Anne non aveva ancora affrontato David, avevano preparato tutto per il matrimonio. Per l'occasione David le aveva regalato un anello con diamantino. La loro storia durava da tre anni, ma si conoscevano da quando erano dei bambini. David era il ragazzo vicino di casa che giocava da piccolo con lei e Hellen. Una mattina Anne si recò a lavorare molto presto, prima del solito orario, avendo molto lavoro arretrato, David era già lì e non si accorse dell'arrivo di Anne. Suonò il telefono, sia Anne che David alzarono il ricevitore. Era la madre di David che diceva al figlio che doveva sposare Anne perché era la maggiore azionista dell'azienda, perché aveva ereditato quelle di George, il padre biologico, e quelle di William, il padre adottivo. Anne non volle ascoltare il resto della telefonata, lasciò la cornetta appoggiata sulla sua scrivania e tornò a casa, incredula e molto arrabbiata per quello che aveva ascoltato. Quella sera a cena, a casa di Anne, c'erano anche David e Carolina, con una freddezza che neanche Anne si riconosceva, disse che non se la sentiva più di sposare David, che ci aveva ripensato e che l'indomani sarebbe partita per l'Italia dai suoi nonni.

Quinto capitolo

Anne non sopportava che David frequentasse Elisabeth, si capiva benissimo che fra i due non c'era solo un rapporto di lavoro e ogni volta che li vedeva insieme sentiva una fitta al cuore. Una mattina, Anne andò in ufficio di David, per portargli delle lettere che per sbaglio avevano lasciato sulla sua scrivania, e vide David ed Elisabeth che si baciavano.

La cosa sconvolse molto Anne che si chiuse nel suo ufficio per tutta la giornata. William, non vedendola per tutta la mattina entrò nel suo ufficio e chiese delle spiegazioni, vide la figlia molto pallida e si preoccupò.

«Anne, come stai? Sei molto pallida! Hellen mi ha detto che non hai voluto neanche pranzare.

«Sì papà, ho solo una forte emicrania.»

Hellen l'aspettò e le disse che si sarebbero fermate a cenare in un locale dove c'era anche della buona musica. Anne non ne aveva molta voglia ma desiderava trascorrere del tempo con Hellen per distrarsi un po', come quando erano piccole che si facevano un sacco di risate. Passarono un attimo da casa, il tempo di fare una doccia e cambiarsi i vestiti.

Mangiarono una pizza. In un tavolo più lontano c'erano David ed Elisabeth, erano molto vicini e David teneva la mano di Elisabeth nella sua.

«Che piccioncini!» disse Anne.

Hellen sorrise e disse:

«Io non ti capisco sorellina, si capisce che tu ne sei ancora innamorata, nessuno ha ancora capito perché hai lasciato David senza alcuna spiegazione.

«Hellen, raccontami di te e Gabriel!»

Hellen, aveva gli occhi che le luccicavano a solo nominarlo.

«Gabriel, l'ho conosciuto in palestra, è un medico e lavora presso una Clinica di proprietà del padre.

«Caspita!» disse Anne in una risata che fece girare anche David ed Elisabeth. Lui la guardò e s'incupì, si alzò seguito da Elisabeth per andare via. Le passarono accanto e David le toccò il braccio, Anne sentì un brivido per tutta la schiena.

«Anne, raccontami perché hai lasciato David?» disse Hellen.

«Va bene, fra di noi non ci sono mai stati segreti, promettimi Hellen di non raccontare niente a papà! Anne raccontò tutto a Hellen. Hellen era molto arrabbiata con David.»

«Hellen, per favore, per questo motivo non volevo raccontarti niente. Non farti influenzare da quello che ti ho raccontato» disse Anne.

Sesto capitolo

Nei giorni successivi, come Anne aveva immaginato, Hellen cambiò atteggiamento nei confronti di David. Lo evitava, gli rivolgeva la parola solo lo stretto necessario. Anche William si accorse del cambiamento di Hellen e incominciò a insospettirsi. Un giorno, erano tutti in riunione e Hellen si rivolse in tono burbero a David.

«Anne, bisogna raccontare tutto a papà» disse Hellen.

«No, Hellen»

«Compriamo la sua parte di Azienda e che se ne vada fuori dai piedi, non lo sopporto più Anne.»

«Lo sapevo che sarebbe finita così» disse Anne.

«No Hellen, David per papà… papà non lo sopporterebbe, preferisco che pensi che sia tutta colpa mia, David per papà è come un figlio, ne soffrirebbe.»

Settimo capitolo

Anche Anne s'iscrisse in palestra per stare più tempo con Hellen. In palestra Anne conobbe un amico di Gabriel, Diego, e organizzarono un'uscita tutti insieme. Anne andò dal parrucchiere e cambiò look, voleva dare un taglio al passato. Anne tagliò i capelli corti, fece un taglio moderno. La sera si mise un pantalone nero, una camicia rossa e un paio di scarpe con il tacco alto. Hellen invece indossò un pantalone bianco e una maglietta nera e un paio di scarpe alte nere.

Gabriel e Diego vennero a prenderle per le 21, rimasero molto affascinati dalle ragazze. Andarono in un disco-pub, dove mangiarono una pizza e c'era della bella musica. Si alzarono per ballare un lento. Seduti al salottino, c'erano David ed Elisabeth abbracciati. Anne sentì un tuffo al cuore, e incominciò a piangere, per non farsi notare si appoggiò alle spalle di Diego. Quel gesto venne frainteso dal ragazzo che la strinse a sé e la baciò. David si alzò come una furia e andò verso di loro e disse:

«Brava Anne, ecco la risposta ai perché, mi hai preso in giro per tre anni.» Se ne andò seguito da Elisabeth.

«Oh mio Dio, Anne che figuraccia, ci stanno guardando tutti» disse Hellen. Diego lasciò Anne da sola in mezzo alla pista da ballo, e andò via senza dire una parola.

«Hellen, io torno in Italia dai miei nonni, non voglio sapere più niente di nessuno.»

«No Anne, io racconto tutto a papà, David deve andare via, è un avvocato di successo, troverà un altro lavoro, non lo voglio fra i piedi.

Ottavo capitolo

Il giorno successivo, Hellen raccontò tutto a William. William entrò nell'ufficio di Anne:

«Anne, perché ci hai nascosto la verità? Tu sei mia figlia e ti devo proteggere da gente opportunista e balorda» disse William in un fiato.

«Papà, che intenzioni hai?»

«Ancora non lo so, devo pensare sul da farsi. David, mi ha molto deluso, per me era come se fosse un figlio. Ha fatto la vittima, fino a qualche giorno fa, quando ha incominciato a frequentarsi con Elisabeth. Ma sai cosa ti dico Anne, che se ne vadano tutti e due fuori dai piedi.»

«No papà, David è un bravo legale, non fare l'errore di mischiare la vita privata con quella lavorativa.»

Nono capitolo

Anne tutti i pomeriggi, andava in palestra insieme a Hellen. E come promesso a William, incominciò a uscire anche con i suoi amici. Al lavoro, i rapporti tra William e David erano distaccati e freddi. William fece spostare il suo ufficio, per stare più lontano possibile dall'ufficio di David. Una mattina, si sentirono David e William urlare.

«Vorrei capire cosa sta succedendo?» disse David.

«David, torna a lavorare, mi hai stancato. Da oggi in poi, tu nel tuo ufficio e io nel mio, e un'altra cosa David, non sei più il benvenuto a casa nostra!» gridò William, e uscì dal suo ufficio sbattendo la porta. David andò da Anne e disse:

«Anne, mi spieghi cosa succede? Mi stai mettendo tutti contro, anche Carolina.»

Anne rossa in viso si alzò dalla sua poltrona e gridò: «Guardati allo specchio, e chiediti da solo delle spiegazioni, non le chiedere a me!» e uscì sbattendo la porta del suo ufficio.

David disse ad alta voce:

«Qui è una gabbia di matti!» David ritornò da William.

«Cosa vuoi ancora David? Hai da dirmi qualcosa sul lavoro? Se no, è fiato sprecato, sono stato chiaro?»

«Raccolgo le mie cose e vado via così tolgo il disturbo!»

«Per quanto mi riguarda, non abbiamo altro da dirci. Puoi andartene, e portati dietro la tua amica, se no la licenzio io. A proposito, David la tua parte di Azienda la vorrei comprare io, quando ti decidi andiamo dal notaio. Buona vita, David» aggiunse con disprezzo William.

Decimo capitolo

David entrò nel suo ufficio e mise la testa fra le mani, aveva un forte mal di testa. David mise tutte le sue cose in degli scatoloni e lasciò quello che era stato da anni l'ufficio di suo padre e successivamente il suo, la sua vita, la sua famiglia. I giorni successivi per Anne furono interminabili, faceva molta fatica a non pensare a David. Ogni qualvolta passava dal suo ufficio si sentiva una morsa allo stomaco, vederlo vuoto senza di lui. Una sera Hellen, presentò Gabriel ai suoi genitori, per l'occasione fecero una cena a base di pesce e fu invitato anche Diego. Anne indossò una gonna nera a tubino, una maglietta verde acqua e scarpe con tacco alto. Erano tutti a tavola e suonarono alla porta, William andò ad aprire, era Carolina che singhiozzava. Carolina entrò nella sala da pranzo e corse ad abbracciare Anne.

«Anne, David vuole sposare Elisabeth. Io giorni fa ho sentito parlare Elisabeth con una sua amica e le diceva che una volta sposato David mi avrebbe mandato in un college di Londra. Strano comunque mi lasci qui a Londra. Quanta bontà, Anne a Elisabeth interessano solo i soldi di David. Ho cercato di raccontare tutto a David, ma lei naturalmente ha negato tutto. Non crede a me Anne ma a lei» continuò Carolina fra i singhiozzi.

«Questo è troppo, non tollero più questi comportamenti insofferenti e ipocriti di David. Devi rimanere tranquilla piccola mia ci pensa zio William, sistemerò tutto» disse William.

Fuori c'era un brutto temporale e arrivò David arrabbiato e contrariato. Sandy lo invitò a cenare con loro. David si sedette e ricominciarono a cenare, con William che continuava a fissarlo minaccioso. Anne non aveva più appetito ed era preoccupata per la bambina. La cena continuò nel silenzio rotto solo da Gabriel e Hellen che innamorati com'erano, non sembravano essersi accorti della tensione che si era creata a tavola. Dopo cena si trasferirono nella sala bar dove presero il caffè e il dolce. Diego si arrabbiò nuovamente e se ne andò senza salutarla. Era di nuovo arrabbiato con Anne, nonostante gli avesse spiegato che fra loro non poteva esserci altro che sola amicizia. Carolina, si addormentò sulle ginocchia di Anne, William la portò nella stanza di Anne. David e Anne rimasero da si[s1], fra loro c'era molta tensione. David ruppe il silenzio dicendo che avrebbe sposato Elisabeth, anche contro la volontà di Carolina, aggiungendo che era lui il tutore di sua sorella e che Anne non doveva più intromettersi nella loro vita. Anne sospirò e disse:

«Te ne pentirai amaramente per quello che stai facendo alla bambina, vorrei che rimanesse da noi!» Nell'altra sala si sentivano le risate di Gabriel e Hellen, e Anne li raggiunse mentre facevano un brindisi e comunicavano la data del loro matrimonio al ventotto di dicembre. William raggiunse David e gli disse di lasciar perdere i loro dissapori e di tornare a lavorare nella loro Azienda.

«Io ho bisogno di un bravo avvocato come te, Carolina può venire da noi quando vuole e pensaci bene a un trasferimento della bambina da noi. Tu sei avvocato come lo sono anch'io, sai benissimo che potrai rimanere comunque il suo tutore.»

Undicesimo capitolo

Il giorno successivo, David ritornò nel suo ufficio, naturalmente la cosa fece arrabbiare molto Elisabeth, che nel frattempo fu licenziata da William. Ora lavora presso una clinica come segretaria. Questo non preoccupò affatto David e il loro rapporto si inclinò, per la felicità di Carolina. Anne lavorava accanto all'ufficio di David ed era inevitabile non incontrarlo. Hellen era al settimo cielo per il suo matrimonio. Anne e Hellen erano occupate a organizzare il matrimonio con l'aiuto di Carolina che era molto entusiasta.

Dodicesimo capitolo

Il mattino seguente, Anne non sentì suonare la sveglia, e fu svegliata dalle effusioni di Perry. Fece una doccia veloce, indossò un paio di jeans, una T-shirt gialla e un paio di scarpe da tennis, un po' di rossetto e se ne andò in ufficio. Non fece in tempo a fare colazione e forse per questo a metà mattina ebbe un capogiro. Nella corrispondenza di Anne c'era una lettera della madre di David. Anne la portò a David.

«David c'è una lettera di tua madre, è capitata fra le mie» disse Anne.

Lui alzò un attimo lsta[s2] per guardarla, e la riabbassò come se non l'avesse mai vista entrare nel suo ufficio. Ad Anne venne un'altra vertigine che si appoggiò al braccio di David per non cadere. David si alzò dalla sua poltrona e la tenne per non farla cadere.

«Anne, non ti senti bene?»

«Non ho fatto colazione questa mattina, sarà un po' di anemia, dovrò ripetere qualche esame ematico» rispose Anne. Con un braccio lo allontanò, quella vicinanza la nauseava o forse non era la sua vicinanza. Mancava anche la nausea pensò Anne. Borbottando Anne uscì dal suo ufficio.

Tredicesimo capitolo

Hellen e Gabriel entrarono nell'ufficio di Anne.

«Anne, ti vedo un po' pallida, domani ti aspetto alla mia clinica per un checkup» disse Gabriel.

«Gabriel, stai esagerando! Non ho fatto colazione questa mattina, e sarà per questo motivo.»

«Sarà, ma domani ti aspetto.»

«Gabriel, lo so che sei un affermato medico, ma a preoccuparti per niente!»

Quattordicesimo capitolo

L'indomani, Anne e Hellen andarono come promesso alla clinica dove lavorava Gabriel.

«Anne, guarda chi c'è alla reception!»

Anne voleva andare via ma Gabriel stava andando incontro a loro. Elisabeth alzò la testa e le vide:

«Ciao Anne, ciao Hellen, che sorpresa» grignò fra i denti. Gabriel, rimase sorpreso che si conoscessero, ma sembrava preoccupato per Anne.

«Cognatina, siamo pronti? Ti accompagno, ecco qui c'è l'infermiera, la signora Marie che ti farà un prelievo, e un po' di domande per l'anamnesi» disse Gabriel. Marie, era una signora di mezza età, era molto simpatica e mentre faceva il prelievo cantava la canzone di Robbie Williams, "Angel", la canzone preferita sua e di David. Marie compilò una cartella, le chiese tutti i suoi dati anagrafici, le chiese se avesse qualche allergia, se avesse avuto mai interventi chirurgici o malattie, e se il ciclo mestruale fosse regolare. Anne rispose che il ciclo non era mai stato regolare e che negli ultimi mesi era saltato. E che la cosa non l'aveva preoccupata perché era spesso carente di ferro. Poi passò nello studio di Gabriel che la visitò.

«Sembra tutto a posto, dobbiamo aspettare l'esito degli esami del sangue, ho richiesto nel laboratorio anche l'esame dell'urina e un test di gravidanza» disse Gabriel. Mentre parlava leggeva la cartella compilata dall'infermiera. Domani dovrai ritornare Anne, per fare una visita ginecologica. Simona, la ginecologa, è di turno domani e ne ho parlato già con lei. Anne, ascoltava confusa e non riusciva a parlare.

«Scusa, Gabriel, test di gravidanza, visita ginecologica, mi sembra tutto un po' esagerato» Anne fece una risata isterica. «È ridicolo» disse.

Quindicesimo capitolo

Anne e Hellen si fermarono a un bar per fare colazione.

«Hellen, non esco con nessun ragazzo da mesi.»

«È vero che non esci con nessuno, ma tre mesi fa eri fidanzata con David.»

«Ma cosa dici Hellen? Non può essere, è solo un po' di anemia, è successo altre volte nel passato.» Anne non pensarci più di tanto, era convinta di quello che diceva.

Sedicesimo capitolo

Il giorno dopo Anne andò a lavorare, aveva una forte emicrania, ultimamente era più frequente. Prese un po' di caffè, era contraria a prendere farmaci. David si avvicinò al distributore di caffè:

«Anne, stai meglio?» le chiese.

«Solo un po' di emicrania, sto meglio» rispose.

«Anne, ti chiedo un po' di tregua, prendiamo un caffè da buoni amici, dobbiamo lavorare insieme!»

Anne sorrise e rispose: «Va bene, un caffè!»

David aveva gli occhi cerchiati come se la notte prima non avesse dormito e sembrava preoccupato per qualcosa, comunque era in sovrappensiero.

«Anne, te lo ha detto tuo padre? Domani mattina devo partire per una presentazione internazionale dei nostri capi.» disse David. L'azienda si occupava di produrre vestiti dei grandi stilisti e dei vip, e di produrre le stoffe più pregiate.

«Devo andare in Spagna per una settimana» aggiunse David. Fece una pausa e disse: «Carolina, vuole rimanere da voi, se non vi reca disturbo naturalmente.»

«No, papà non mi aveva detto niente, e Carolina è come una figlia per i miei genitori e una sorella per me e Hellen. Puoi partire tranquillo.» Lui posò la sua mano su quella di Anne e disse: «Grazie, Anne.»

Diciassettesimo capitolo

Il cellulare di Anne squillò, era Gabriel.

«Ciao Gabriel.»

«Ti aspetto in clinica Anne!»

«Va bene Gabriel, finisco di lavorare e vengo con Hellen. Mi fai preoccupare aggiunse Anne scherzando.» Gabriel le stava aspettando nel suo studio:

«Prego, accomodatevi» disse.

«Che aria formale Gabriel» rise Anne.

Gabriel rimase serio e disse:

«Anne, abbiamo i risultati degli esami ematici e come ben pensavi, hai un po' di anemia.»

«Hai visto Hellen, era solo un po' di anemia!»

«Fammi finire Anne, abbiamo fatto il test di gravidanza ed è positivo.»

«È assurdo, bisogna ripeterlo, sarà uno sbaglio.»

«No Anne, sei incinta e ora Simona ti visiterà.» La ginecologa le fece un'ecografia e confermò la gravidanza di Anne. Nello studio della ginecologa entrò l'infermiera che le fece un altro prelievo ematico. Gabriel accompagnò Anne e Hellen al parcheggio.

«Anne, il prelievo è per sapere di quante settimane è la tua gestazione.» disse Gabriel. Anne era sconvolta, era un incubo. Il padre era David.

«Hellen, cosa faccio? Sono da sola!» disse Anne.

«No, Anne non sei sola. Ci siamo noi.»

L'indomani Anne andò a lavorare come se non fosse successo nulla, per non fare insospettire William. Il cellulare di Anne squillò, era Gabriel:

«Anne, gli esami del sangue sono pronti, confermano la tua gravidanza, sei alla quindicesima settimana circa. Anne, Anne… ci sei?»

«Sì Gabriel, sto ascoltando!»

«Anne, le gonadotropine sono alte per le settimane di gravidanza!»

«Gabriel in parole semplici, non ti capisco con tutti questi termini medici, ho capito solo che sono incinta!»

«In parole semplici Anne, potrebbero essere gemelli.»

«Gabriel cosa stai dicendo? Io sono da sola.»

«Ne riparliamo stasera a cena a casa tua, Anne devi dirlo a David, è il padre.»

Diciottesimo capitolo

Gabriel arrivò in anticipo a casa loro, per parlare con Anne. Anne indossò un vestitino più largo per paura che si accorgessero della sua gravidanza. Hellen aveva aiutato la madre a preparare la cena.

«Hellen, cosa sta succedendo ad Anne? È ancora innamorata di David vero?» disse Sandy.

«Mamma, Anne è incinta.»

«Cosa?»

«Gabriel e papà sono di là mamma, non ti fare sentire!»

«E da quando? Non ha avuto nessun altro ragazzo dopo David. È David?»

«Mamma, ti sentono! Anne vuole dirlo lei a papà.»

«David lo sa?»

«No mamma.»

«Non so il motivo per cui si sono lasciati ma ha il diritto di sapere che è il padre.»

Hellen andò a fare la doccia e a vestirsi. Anne raggiunse Gabriel e il padre, e arrivò Sandy con degli aperitivi. Dopo cena mangiarono un dolce portato da Gabriel. Carolina aveva sonno e Anne la accompagnò nella sua stanza. Anne rimase da sola con Gabriel e Hellen.

«Anne, devi parlare con David, non gli puoi fare questo. William, mi ha detto che è in Spagna, dovrebbe tornare domani sera. Anne, lo devi informare del tuo stato.» disse Gabriel. Erano le 22, Anne salì nella sua stanza. Carolina dormiva, fece il numero dell'albergo dove soggiornava David. Le passarono la stanza, e dall'altro capo del telefono rispose la voce di una donna, Anne mise giù il ricevitore.

Diciannovesimo capitolo

Anne, non riuscì a chiudere occhio. Il mattino successivo disse al padre che non sarebbe andata a lavorare dicendogli che aveva un po' d'influenza.

Anne si mise a leggere un libro. Si preparò un succo di arancia. Squillò il telefono, era David:

«Ciao Anne, tutto bene? Carolina è a scuola? Anne?»

«Sì, Carolina è a scuola e va tutto bene.» Anne riagganciò senza dargli il tempo di ribattere. Nel pomeriggio Sandy, William e Carolina erano intenti a preparare l'albero di Natale e il presepe. Erano tutti entusiasti tranne Anne. Per la cena di Natale ci sarebbero stati anche Gabriel con i suoi genitori. Anne aveva la nausea con tutto quel cibo, ormai cominciava a vedersi la rotondità della pancia e dei fianchi. Era alla sedicesima settimana, e si stancava facilmente. Si sdraiò sul divano e si addormentò.

«Anne, sveglia» disse Carolina che era con Perry. «Stanno per arrivare gli ospiti Anne» continuò Carolina. La cena di Natale fu un gran successo. Hellen era felicissima. Il ventotto dicembre era in arrivo e Hellen era felicissima. Anne avrebbe fatto da testimone e Carolina da damigella. Gabriel quella sera confermò che gli embrioni erano due. La sera prima del matrimonio, Anne indossò una tuta e delle scarpe da tennis comode, e scese a guardare un po' di televisione sdraiata sul divano. Erano tutti a dormire e sentì un rumore che proveniva dal giardino. Anne pensò che fosse Perry. Mise un giubbino e uscì in giardino. Perry era tranquillo a dormire in casa. Di nuovo quel rumore. "Sarà un gatto randagio" pensò Anne. Rientrò in casa, si affacciò alla finestra e vide David ed Elisabeth.

Ventesimo capitolo

Hellen si alzò di buonora e svegliò Anne.

«Anne, dobbiamo prepararci!» Anne indossò un vestito lungo azzurro, Carolina un vestitino verde acqua. Hellen era bellissima con l'abito da sposa. Anne si emozionò. In chiesa c'erano anche David e Diego. Fu un bel matrimonio. Anne si divertì molto, per un giorno non voleva pensare a tutti i suoi problemi. Tornarono a casa tardi. Diego accompagnò Anne a casa, le voleva parlare.

«Anne, non ti porto rancore. Ho conosciuto una ragazza all'università e ci stiamo frequentando. Si chiama Carina e ne sono già innamorato.»

Uscirono dalla macchina e Diego la accompagnò vicino alla porta di casa. «Anne, ti auguro di essere felice.» La abbracciò e le diede un bacio sulla guancia. David sferrò un pugno a Diego e disse: «Anne, ecco chi è il padre del tuo bambino, vergognati! Sembravi una Santa!»

Ventunesimo capitolo

«Papà, non arrabbiarti! Io comunque voglio stare un po' dai miei nonni.» disse Anne.

«E il padre è Diego?»

«No papà, sono incinta di sedici settimane circa!»

«Quindi il padre è David? E lui lo sa?»

«No, ho provato a dirglielo. Ho chiamato quando stava in Spagna. Mi hanno passato la stanza, ha risposto una voce di donna e ho riagganciato.»

«Anne non puoi affrontare un viaggio fino in Italia, sei incinta!»

«Papà, ho chiamato la nonna e mi ha detto che vengono loro qui. Hanno comprato insieme ad Alessandra una casa qui a Londra. Voglio dare un'opportunità ai miei nonni, vorrei conoscerli meglio e imparare a saperli perdonare. La zia mi è antipatica, se ne farà una ragione che non voglio ascoltarla.»

«Non sei sola Anne, ci saremo sempre noi!»

Anne abbracciò forte il padre. I nonni arrivarono nel tardo pomeriggio. Alessandra era andata direttamente alla casa nuova. I nonni dormirono nella stanza degli ospiti, l'indomani sarebbero andati via presto insieme ad Anne. La sveglia suonò alle sei, Anne indossò una tuta e scarpe da tennis. I nonni avevano già chiamato un taxi, ed erano giù ad aspettarla.

«Pronta Anne?» disse nonna Kate. Anne abbracciò i suoi genitori e posò un bacio a Carolina senza svegliarla. Passarono da casa di David, lui era fuori a fumare, sembrava che l'avesse vista. "No, l'avrò immaginato." pensò Anne.

Ventiduesimo capitolo

I giorni che seguirono, volarono velocemente. Anne era assorta nei suoi pensieri.

«Anne, lo ami ancora, vero?» chiese la nonna.

«Sì nonna» rispose Anne. «Ho tutto il tempo di presentare la laurea in giurisprudenza.»

Con Alessandra si incontravano pochissimo, lei era un avvocato e usciva prestissimo il mattino e tornava la sera tardissimo. "Meno me" pensò Anne. Anne passava le giornate studiando. I nonni si occupavano del giardino della loro villa. C'erano delle bellissime rose, il fiore preferito di Anne, e molte volte Anne usciva in giardino a studiare seduta su una panchina. La tesi da discutere era sul diritto penale, il professore dell'università le aveva suggerito di parlare di un caso di criminalità. Una sera mentre cenavano, sua nonna le chiese di parlare con sua zia Alessandra e di riappacificarsi con lei. Anne sospirò e disse chiaramente che non voleva parlare di Alessandra.

«Alessandra, Anne, è tua zia. Devi ascoltarmi. Devi conoscere la verità.»

«Quale sarebbe la verità nonna? Che mi avete abbandonato quando avevo più bisogno di voi? Qualsiasi siano le vostre ragioni, il vostro gesto è imperdonabile.»

«No Anne ora mi ascolti! Alessandra era fidanzata con George e dovevano sposarsi. Tuo padre era molto simpatico e bello, e frequentava la nostra casa. Una sera a cena ha detto ad Alessandra che non l'amava più e che la lasciava perché innamorato di tua madre. Alessandra era arrabbiatissima. Miriam era di due anni più piccola di Alessandra e le portava via il fidanzato. Alessandra, disperata, quella sera salì in macchina e fece un brutto incidente stradale. I medici le dissero che era incinta e che con l'incidente aveva perso il bambino. George e Miriam si trasferirono a Londra, e il resto lo sai già.» La nonna si mise a piangere. Anne l'abbracciò forte. «Abbiamo chiamato William» continuò fra i singhiozzi la nonna. «Lui ci comunicò della sua intenzione di adottarti perché era il socio e il miglior amico di George. Quindi, Anne, questa è la verità.» Il nonno ascoltava e piangeva.

«Perché tutto questo? E la storia forse si sta ripetendo a distanza di molti anni.» Anne abbracciò forte i nonni.

Ventitreesimo capitolo

Arrivò il giorno della laurea di Anne. Erano presenti tutti, i nonni, i genitori di Anne, Hellen, Gabriel e Carolina. Anne era molto tesa, continuava a guardare le slide e a ripetere la tesi.

«Anne, sei preparata.» disse sua nonna. Nella commissione c'era sua zia Alessandra! Anne si laureò con il massimo dei voti e i complimenti della commissione e anche di sua zia. Alessandra si avvicinò e abbracciò Anne e si mise a piangere. La nonna aveva una strana luce negli occhi.

«Mamma, dove eri andata a finire? Sei mancata una mezzoretta!» disse Alessandra.

«Ho fatto una telefonata importante, le cose vanno risolte subito non dopo tanti anni.» rispose Kate.

Anne la guardò, non capì di cosa stesse parlando. Erano tutti a cena a casa dei nonni e suonarono alla porta. Era David. Anne cominciò a capire:

«Nonna, che ci fa lui qui?» La nonna sorrise e fece segno agli altri di lasciare soli Anne e David.

«Qui è tutto un complotto» disse.

«Adesso basta Anne, chiariamo tutto» disse David. Anne raccontò a David della telefonata che aveva ascoltato fra lui e la madre, della sera che lo aveva chiamato per dirgli che lui era il padre e aveva risposto una donna. David le disse che come al solito lei tirava conclusioni affrettate e sbagliate.

«Mia madre è vero che mi diceva che tu eri la maggiore azionista, ma non hai ascoltato la mia risposta, che ti sposavo perché ti amavo e non mi interessava tu fossi la maggiore azionista. Lei, infatti, ha messo giù il ricevitore ed è da allora che non si fa più sentire. La donna che ha risposto dalla mia stanza era la moglie di un imprenditore spagnolo, Albert. Erano entrambi nella mia stanza, ha risposto lei perché Albert voleva entrare in affari con la nostra Azienda. William può confermare tutto quello che ti ho detto.»

Anne non sapeva se ridere o piangere. Per le sue conclusioni sbagliate aveva tenuto lontano i nonni, la zia e ora anche David.

Ventiquattresimo capitolo

I nonni di Anne si trasferirono per sempre in Italia insieme ad Alessandra, per stare accanto ad Anne. A maggio nacquero i gemellini, la bambina la chiamò Alessandra e il bambino Enrico come il nonno. Alessandra fu felicissima di fare anche da madrina, e propose ad Anne di darle una mano nel suo lavoro.

«Anne, sai che sono felicissima che David ti sposi! Ma io ora con chi andrò a vivere?» disse Carolina.

«Carolina, verrai a vivere con noi. I tuoi fratellini hanno bisogno di te.»

«Anne, ti posso chiamare mamma?» Anne si mise a piangere e abbracciò forte la bambina.

«Sì piccolina, puoi chiamarmi mamma.»

Biografia

Monica Sabella, nata in Germania il 11/08/1968. Vive ed è sposata ad Alessano, provincia di Lecce. Ha due bambine, Alessia di quindici anni e Karol di cinque anni. Lavora come infermiera professionale presso il Distretto sanitario di Casarano (Lecce). Il suo hobby è la lettura di romanzi di tutti i generi.

INDICE

Finito di stampare nel mese di Luglio 2017
per conto di Youcanprint *Self-Publishing*